문학과행동 시선 005

살구나무 빵집 ⓒ김보일, 2018

제1판 1쇄 발행 2018년 8월 16일

지은이      김보일
편집        김장성
디자인      홍윤이
제작        강봉구
인쇄·제책   다온피앤피
펴낸이      이규배
펴낸곳      문학과행동
주소        서울 강서구 까치산로22길 29-7
전화        02-2647-6336
메일        kyubae-lee@hanmail.net

ISBN  979-11-956780-3-7     값 10,000원

# 살구나무 빵집

김보일 시집

문학과 행동

서시

# 황혼 속 황소 돌아온다

후릿고삐에
갈라진 가슴
쩔렁거리며
온다
돌아와 누워
산이 되는
침묵을 몰고
온다
팔만 사천 길
제 속의 내장을
쏘아보던
눈망울 달고
온다
발자국에 꽁꽁
채찍을 묻고
핏빛 노을 치받는
뿔 하나로
온다

# 목차

서시_황혼 속 황소 돌아온다…2

## 1부. 부러진 연필

겨울 강…8 / 부러진 연필…9 / 살구나무 빵집…11 / 그 여름의 끝에서…12 / 성(聖) 폐허…13 / 용승(湧昇)…15 / 편도(扁桃)…16 / 별…17 / 장마…18 / 냄새…19 / 치자나무 아래…21 / 대한(大寒)…22 / 칠산 노을…23 / 와유산수(臥遊山水)…24 / 바람의 노래…26 / 강…27 / 권주가…29

## 2부. 관절론

관절론…32 / 저녁의 음악…33 / 서강(西江)에서…35 / 편백나무 숲에서 백석을…36 / 겨울비…38 / 보길도의 밤…39 / 소읍 사거리 식당…41 / 엘스만 역으로…43 / 신들을 만나고 싶다면…44 / 무의도에서…45 / 뜬봉샘…46 / 통사리 영감…47 / 상소문…48 / 기수역(汽水域) 꺽정이…49 / 봄날의 숭어대첩…50 / 화석…52 / 황복 한 접시…53 / 열목어…54 / 만추…56 / 조용필에게…57

# 3부. 거울 속에서

아름다움이 적을 이긴다…60 / 풍등(風燈)…63 / 녹색의 황후…64 / 시커먼 굴뚝…65 / 그녀가 두고 간 쪽지…66 / 겨울나무…67 / 나무들은 거울 속에서 구부러진다…68 / 숨바꼭질…70 / 내 동생 아카시아…71 / 나무의 집…72 / 천국, 거대한 도서관…74 / 귀가…76 / 푸른 책갈피 속으로…78 / 망각의 시간 속으로…79 / 우물 깊은 집…81 / 천둥은 잠시 울음을 숨길 뿐…82 / 남애항(南涯港)에서…84 / 녹내장…85 / 척추의 기원…87

# 4부. 쪼그랑귀

시월…92 / 고흐의 방…93 / 등나무…94 / 봄비1…95 / 봄비2…96 / 산촌(山村)…97 / 매미…99 / 먼지의 집…100 / 멍…102 / 눈물…103 / 나 돌아가리라…104 / 입김…106 / 방생…107 / 귀지…108 / 새…109 / 촛불…110 / 강산에 꽃이 피고…111 / 안녕…112 / 눈꺼풀…113 / 징한 것…114 / 쪼그랑귀…115

발문_가난한 이웃과 함께하는 따뜻한 서정…118

1부.

부러진 연필

# 겨울 강

언 강에 돌을 던지면
강은 깡깡깡 하면서 운다

어떤 이가 같이 울어주고 있다는 생각에
사내는 자꾸 돌을 던진다

날이 풀리면 돌은
그의 심장으로 가라앉으리라

# 부러진 연필

여름이 느릿느릿 걸어 칠월의 문턱에 와 닿던, 낙타
표 문화연필의 시절, 연필심 하나 부러져 어린 가슴
의 지붕이 내려앉았다 오늘 침대 위에서 4B연필이
부러졌다 침대가 왼쪽으로 기우뚱했고 머리에서 붉
은 피라미들이 빠르게 흩어졌다 속내가 무르고 한
없이 부드러운 이 연필은 아침의 미소나 한낮의 구
름을 그리기 알맞은 도구였다 연필은 작업실이 따
로 없는, 나의 화실인 침대에서 나의 무게를 이기
지 못하고 부러졌다 부러진 이 연필은 연필이 아니
다 연필은 나무의 겨드랑이를 거쳐 손목에서 뻗어
나간 손끝이고 구름의 눈가에 우거진 눈썹이고 오
월의 가슴에서 뻗어나간 두 개의 지붕이고 너에게
서 나에게로 오는 천 개의 유리창이다 천 개의 유리
창이 깨지면서 손끝이 떨리고 눈썹이 뽑히고 지붕
이 내려앉고 새들이 깨어진 유리창으로 날아들었다
이 연필은 분명 연필이 아니다 연필이란 이름을 빌
어 내게 온 어떤 짐승의 아름다운 얼굴이고 죽음이

다 낙타들의 비명 소리가 그곳까지 들렸다면 네가
부러진 연필의 이름이다

# 살구나무 빵집

저녁 산책길 철길공원 한쪽에
간판 하나가 등을 달고 서 있다

살구나무 베이커리

살굿빛 식빵을 떠올리며
빵냄새가 새어나오는 안쪽을 들여다보니
앞치마를 두른 젊은 부부가 차를 마시고 있다

어떤 살구나무가 저들에게 이름을 떨구고 갔을까

살구나무도 보이지 않는데
삼월의 저녁이
초파일처럼 환했다

# 그 여름의 끝에서

아마도 흐렸던 날이었을 것이다
그때 너희들의 윤곽이 어슴푸레해져
너희들의 그림자는 서로를 허락하며
즐겁게 넘나들기도 했지만
후박나무 그늘로 내리는
여름이 하도 성급했으므로
태양은 제 기억을 놓치지 않으려
분주히 잎새들을 둥글게 키우고
바람은 또 무엇을 기억해 내려는지
미루나무 밑동을 바삐 타 오르고 있었다

하지만 보아라
여름은 늘 최초의 여름이었으므로
바람은 늘 새벽으로부터 다시 불어 왔으므로
태양과 바람의 기억은 낡고
낡음으로 가득 찬 세상의 저녁에
새 이름을 부르러 너희들은 갔다

# 성(聖) 폐허

1

해가 지는 시간을 기다려

나귀를 손질하는

노인들은 서두르지 않는다

대추야자 한 움큼에 시오리 길

별빛이었던가

나귀의 눈에서 흐려지는

모래의 길을 읽으며

노인들은 물빛 하늘로 간다


2

교하고성(交河故城)

천산남로(天山南路)에 해 진다

토성(土城) 뚫린 구멍 사이로

들리는 풍경 소리

사구(砂丘)에 무릎을 묻던 노인들은

생애만큼의 모래를 털고

눈먼 부처의 마을로 돌아간다
천산(天山)의 눈 녹은 물이
땅 밑을 흐르면
잠 속의 노인들은
먼 이국(異國)의 물소리를 듣는다
위구르 위구르
말 달리는

# 용승(湧昇)

바다 밑바닥의 차고 검은 물들이 대양의 표면으로 치고 올라오는 날들이 있다 심해의 바닥에 가라앉아 있던 비린 것들의 오장육부가 쾌속열차를 타고 집단으로 상경하고 바다의 눈알이 뒤집히고, 물고기들은 지느러미로 격렬한 구호를 외치며 소용돌이의 한가운데로 몰려 시간을 거슬러 올라오는 아가리가 억센 조상들의 뼈와 살을 먹어 치운다 물고기들의 턱뼈 깊숙이 감춰진 욕망에 바다가 새로 태어난다 배꼽이 머리 위로 솟고 입이 귀에 걸린다 하극상이라고? 아니, 이것은 바다의, 아주 오래된 전통 중의 하나일 뿐이다

# 편도(扁桃)

편도는 작은 복숭아란 뜻이니 그 작은 복숭아가 목
구멍 속에서 펄펄 내 몸의 열을 올려 나를 온갖 허
깨비들의 불구덩이 속으로 밀어 넣은 것이로구나
그러나 내가 열탕 속에서 허깨비들만 본 것이 아니
라 그 속에서 소리치며 흘러가는 별들과 공중으로
헤엄치는 물고기들과 하품하는 호랑이들의 목젖을
보았다면 저 복숭아는 알록달록한 이야기들이 태어
나는 헛간일지도 모른다 나는 작은 복숭아를 조심
스럽게 만져본다 따뜻하고 몽글한 이야기들이 만져
지는 아침이다

# 별

목동이 별에 관한 지식을 늘어놓자, 스테파네트는
그래, 어쩜, 하면서 맞장구를 쳐 준다. 목동은 신이
나서 별에 관한 모든 지식을 꺼내 놓을 태세다.

소녀에게는

소년의 몸에서

우주를 꺼낼 만한 힘이

있다

# 장마

강장동물인 히드라는
온몸이 장(腸)이다

배탈이 나면
내 몸은
5억 년 전으로 돌아간다
온몸이 창자였던 시절

빗줄기 한번 시원하다

# 냄새

충견 아르고스는
거지 차림을 한 오디푸스를 냄새로 알았다
어머니께서는 일찍이
나에게 아르고스의 코를 주셨다

비 오는 날에는
냄새가 유독 짙게 느껴진다
어떤 명배우가 돌아가신 어머니로 분장을 하더라도
비 내리는 날에는
어림도 없다

나는
어머니라는
거대한 냄새의
품속에서 잠들던
한 마리 개

내 어머니의 아르고스다

# 치자나무 아래

성산포 상갓집에 갔다
술을 먹고 잠이 들었다
깨어 보니
치자나무 아래였다
누군가가 덮어 준 모포처럼
밤이
까맸다

어디선가 말 울음 소리가 들렸다
파도 소리도
밤도
눈물도
치자나무 아래에서
늙은 것은
아무것도 없었다

# 대한(大寒)


나의 병을 알고 너는 깊이 울었다
쇄골 근처 너의 눈물 묻은 자리가 따뜻했다
당신이라는 눈물의 온도에
오랜만에 나의 몸이 새집처럼 흔들렸다


방아깨비는 제 몸의 연초록을 어떤 풀꽃에서
옮겨 왔을까
누가 보면대(譜面臺) 위에 어둠을 올려놓았나
어떤 음악이 나무들에게 겨울의 출구를 가르쳐
줄까
스무 개의 발가락으로 질문들을 모으다
꿈도 없이 잠든 칠흑의 밤이었다

# 칠산 노을

칠산 앞바다에 늙은 살구나무가 꽃을 피우고
법성포 구수산에 철쭉이 질 때면
조기떼들이 오수처럼 몰려오는 시간

늙은 살구나무와 철쭉의 시간이
몸 풀러 친정으로 돌아오겠다던
조기들의 약속과
어김없이 한 몸이 되는 봄날

간다는 기별도 없이
누가 울다 갔는지
칠산 앞바다
일곱 개의 눈시울이
하나로 붉었다

# 와유산수(臥遊山水)


불갑산이라 했다
잎 진 자리 꽃 피어
잎과 꽃이 만나지 못한다는
상사화를 품고 있다는 산

그 산에 있다는 불갑사
해불암의 낙조도
상사화의 입술처럼 붉다고 했다

책상물림하랴, 술상물림하랴
푸른 이파리의 호우시절
다 떼어버리고
눈 침침해지고, 몸 어둑해서야
투구봉 너머
장군봉 너머
해불암의 낙조를 보고 싶다는
마음이 깃발처럼 붉다

상사화야

너는 너의 입술로

마음과 몸의 이런 어긋남을

전하고 싶었던 게냐

# 바람의 노래

내가 넋 나간 바람으로나 떠돌 때
그대는 잎새 무성한 숲이었으니
그대는 이제
나를 이 땅 가득
살아 있게 하는
눈물
그 눈물 끝에 매어달린
노래

# 강

언제나 우리가 최후로 닿는 곳

그 너머의 거리가 우리를 출렁이게 한다

내 기억의 강물이 빠르게 방향을 트는 곳에서

내 살던 옛집이 하늘로 솟아오르고

늘 아버지 같은 침묵으로만 가슴을 누르던

산은 개처럼 엎드려 우는데

알전구 촉 흐린 옛집 창에

마실 간 누이가 오지 않는 사이

개똥참외는 참 푸르게 익어만 갔다

쑥잎을 뜯으러 간 우리가

강가에 내다버렸던

좁쌀 같은 눈물도 저랬던 것일까

참, 이상한 일이지

강을 거슬러 온 미꾸라지가

하수구에서 벌떼처럼 닝닝거리던 것은

왜 그들은 강을 버리고 우리에게 왔을까

왜 우린 방을 버리고 강으로 갔을까

떠도는 것은 정처 없음으로 떠돎을 완성하지
못하고

강물 가장자리에 밀려와 누운 모래알처럼

우리가 늦게 돌아와 누운 다락방에서

벽지 속에 핀 해당화 붉은 꽃을 보고 잠들면

그 강의 초록붕어들이 우리를 따라와

알 수 없는 언어로 물방울들을 피워 올렸다

# 권주가

지는 해 나뭇가지에 걸렸다. 감기는 눈꺼풀이 저
녁 햇살보다 무거울 때, 날품의 오랜 노동 끝에 숨
을 고르는 몸들은 불러라 붉은 뺨으로 부르는 일몰
의 권주가. 부은 발바닥으로 오는 저녁이 어떤 마음
의 주막을 세워 댓돌 위에 신발을 가지런히 벗게 하
는지, 그 신발 속에 담겼던 하루가 얼마나 붉은 노
을의 취기를 닮아 가는지, 황혼에 부리를 적시며 제
가슴의 불씨 다독여 긴 밤을 건너가는 새들은 불러
라. 추운 입술 위에 얹히는 새벽의 심장을

2부.

관절론

# 관절론

새끼손가락이 다섯 손가락을 대표해 약속을 할 때,
네 개의 손가락은 정중하게 무릎을 꿇는다
새끼손가락에 뒤지지 않을 권력을 가졌건만
가장 연약한 자들의 결속 앞에서
네 개의 손가락은 최상의 예를 갖춘다
발목과 무릎 역시 예를 아는 네 개의 뼈
몸의 중앙에 얹혀 제왕의 들러리나 서는
저 뻣뻣하기 짝이 없는 두개골과는 격이 다르다
계곡을 오래 헤맨 자의 피곤한 발목과 무릎은 안다
피로와 머뭇거림만이 새로운 길을 만든다
피로를 모르고 한 길을 달려온 강물은 알까
풍경은 풍경을 버리고 풍경으로 이어지고
걸음은 걸음을 버리고 걸음으로 이어진다는 것을

# 저녁의 음악

소리가 없다
나무에게는
꽃 피는 소리도
잎 지는 소리도
별들이 성호를 긋는 소리도
없다
캄캄한 시간의 강을 건너는
물소의 소리도 없다

잎사귀가 잎사귀에게 몸을 부비고
꽃잎이 바닥에 제 몸의 사슬을 끄는
나무들의 소리가 바람의 소리

바람이 나무들에서 떨어진
꽃잎의 상처를 읽어 내는 저녁,
일생의 강을 건너온 늙은 물소들이 우는지
어떤 소리는 아프고

어떤 소리는 환하고 축축하다

# 서강(西江)에서


서강(西江) 밤섬은 거문고의 명인 악사 어은(漁隱) 김성기의 낚싯배가 퉁소와 비파와 달빛을 싣고 오던 섬, 밤의 산보길에 밤섬을 내려다보며, 동지 무렵이면 알을 낳으러 먼 바다에서 양화도와 서강으로 몰려왔다던 붕퉁뱅어를 생각한다 이 하얗고 가냘프고 아름다운 물고기는 더 이상 서강에 오지 않아, 붕퉁뱅어의 귀향선에 부드러운 달빛을 실어줄 금사(琴師)는 이제 없다 갈대와 갈매기들의 인기척을 정간보에 옮겨적던 악사들도 이제 없다 얼마나 많은 시간을 불러 왔을 파도의 떨림도, 여뀌꽃 강변의 갈대를 수런거리게 하던 퉁소의 소리도 이제 없다 강변도로를 질주하는 밤의 자동차들을 바라보며 달빛이 악사를 낳고 악사가 붕퉁뱅어를 낳던 서강의 강물 소리만이 잦아드는 밤이다

# 편백나무 숲에서 백석을

남쪽 바닷가 낡은 항구의 처녀 하나를 나는 좋아하
였습니다 머리가 까맣고 눈이 크고 코가 높고 목이
패고 키가 호리낭창하였습니다, 라고 백석은 썼다
내가 사랑하는 어여쁜 사람이 다른 남자의 여자가
되어 끓이는 대굿국 냄새에 가슴이 먹먹해져 통영
의 선창가 어디쯤에서 흐려지는 불빛들을 안주 삼
아 그는 술을 마셨을 것이다 저무는 것들의 뒤태여,
너는 어찌 이리 아프게도 마음을 베는 것인지 어이
하여 아름다움은 서러운 별에서 태어나서 비진도,
매물도, 학림도, 연화도, 오곡도, 욕지도, 사량도, 곤
지도, 낯선 섬들의 이름 속으로 사라져 가는 것인
지 어이하여 아름다움은 사람을 능멸할 수 없는 것
인지 목선들이 실어 나르는 비린내에 잠이 깨인 선
창가의 아침, 술병을 고친다는 물메기국으로도 풀
리지 않는 술독을 미륵의 섬 편백나무 숲으로 가서
말없이 내려놓았을 것이다 사라져 간 한 사람의 냄
새에 사무치듯 시인 속의 편백나무들이 필생의 향

기를 풍기며 흔들렸을 것이다

# 겨울비

옆자리가 비었다

마음아

와서 따뜻한

술을 받으렴

비 듣는 처마에

등불을 걸고

독작의 시간을

마중 나가자

# 보길도의 밤

달빛이 붉가시나무와 쥐똥나무의 목덜미를 쓰다듬
는 밤, 여인숙 이부자리에서 길 잃은 터럭 하나를
주웠다 노련한 사냥꾼은 잠자리만 보아도 어떤 동
물이 묵고 갔는지, 어떤 짐승들이 울다 갔는지를 안
다 했지만 나는 서툰 길의 사냥꾼, 터럭의 주인공을
도무지 알 수가 없다 다만 고슬고슬한 터럭의 모양
새로 보아, 밤꽃 향기가 허옇게 끈적거리는 등불을
켜는 깊고 어두운 동네의 입구에서 피었다 스러지
는 불꽃의 이부자리를 삐쳐 나와 터벅터벅 달빛의
길을 걷던 터럭이었을지도 모른다 나는 터럭 하나
의 길을 떠올리며 낡고 추레한 방에서 나눴을지도
모를 가난한 연인, 라면으로 허기를 때웠을지도 모
를 그들의 허술한 만찬과 사랑을 생각해 본다 가난
은 때로 얼마나 으늑하고 깊은 포옹인가 가난할수
록 더운 호흡 하나가 덜컹거리는 장지문 사이로 빠
져나오면 자갈돌들은 억년의 외로움으로 자갈자갈
거렸을 것이고 파도는 괜찮다, 괜찮다 하며 천지 여

인숙에 깃든 객실의 손님들, 자갈돌들의 이마를 쓰다듬었을 것이다 한 사내의 폐부를 빠져나왔을 깊은 숨소리가 담뱃진에 얼룩져 있는 여인숙의 바람벽, 말이 없는 달빛의 위로로 깊어지는 보길도의 밤

# 소읍 사거리 식당

국도에서 한참 비껴나간 소읍 사거리쯤에서 차가
퍼져, 카센터에 맡겨 두고 꿀꿀한 기분으로 한술 뜨
려는데, 식당아줌마가 자꾸 묻는다 뭐하는 양반이
셔, 이 동네 사람 아니죠, 처음 보는 양반인데, 글
쓰시는 양반인가, 애들을 가르치시나, 애시당초 입
다물고 창자 속으로 음식을 퍼 담을 생각이었다면
먼저 이 허름한 식당이 문제다 땟국물과 녹물이 좌
르르르 흐르는 저 간판이 문제다 만수국밥, 돼지식
당 그런 상호도 문제다 젖가슴이 배꼽까지 늘어진
저 아줌마도 문제다 귀신 빤스를 빌려 입으셨는지
남의 이력을 신통방통 꿰맞추는 저 수상한 신통력
도 문제다 아무렇게나 휘갈긴 메뉴판이 문제고, 먼
지를 뒤집어쓴 선풍기에 치마를 팔락팔락거리는 달
력 속 눈부신 허벅지와 젖가슴이 문제다 이 인생의
삼류극장에 저 혼자 입 다물고 밥 처먹겠다고 찾아
온 놈의 식성도 문제다 무엇을 눈치챘는지 아줌마
가 의자를 바짝 당겨 앉는다 이 은근하고 살가운

거리, 여기에서부터 눈물과 한숨의 웃기는 짬뽕 비
빔밥, 이 소읍의 드라마와 역사가 시작되었으리라
소주 반병에 차와 같이 퍼지고 싶은

# 엘스만 역으로

코에 등불을 달고 있는 엘스만큰아귀는 심해의 낚
시꾼, 녀석의 미끼인 등불을 따라가면 지구행성의
가장 어두운, 엘스만 역에 내릴 수 있다 가장 짙은
어둠이 엘스만큰아귀의 내장에서 끓어 넘치면 역내
매점의 간판에 불이 켜지고 눈썹이 하얀 신들의 아
침이 시작된다

노란 잠수함을 타고 비틀즈와 함께
엘스만 역에 내리고 싶네
우리에게는 다른 어둠이 필요하므로,
다른 아침이 필요하므로,
엘스만큰아귀의 등불을 따라
불 꺼진 역에 내리고 싶네
신들이 기지개를 켜며
잠옷을 갈아입는 모습을
아침이 오는 창가에서 지켜보고 싶네

# 신들을 만나고 싶다면

신들을 만나고 싶다면 2호선 이화여대 역에 내려 3분만 북아현동으로 걸어서 가자 분홍 메리야쓰와 빨강 빤쓰가 솟대 끝 깃발로 날리는, 철거를 앞두고 있는 동네가 신들의 동네다 개 오줌 얼룩진 담벼락, 도풍선생, 작두대신, 용봉보살, 대왕할매, 산수도인, 장군할매, 옥골도인, 용신보살이 코도 틀어막지 않고 악취를 버티고 계시는구나 당신은 문득 왜 이 많은 신들이 오글짝보글짝 이 게딱지같은 동네에 깃들어 있는가를 의아해할지도 모르나, 이 동네는 창녀와 앉은뱅이와 문둥이의 친구 나사렛 예수의 동네와 멀지 않은 곳에 있음을 저 수많은 교회당 첨탑과 일그러진 지붕들 골목골목 순댓국밥집들을 보면 알게 될 것이다 구불구불 곡절 많아 궁상은 궁상의 미래를 알고 싶어, 지리, 사주, 궁합, 육효, 관상, 수상에 허둥지둥 기울어지는 것이니, 신들은 이곳으로 와서 허름한 자들의 발바닥을 긁어 주며 하루의 밥값을 고단하게 빌기도 하는 것이로구나

# 무의도에서

무의도(舞衣島), 춤추는 옷자락의 섬에 왔다 우체
통이 있던 자리, 국밥집이 있던 자리, 연락선이 닿
던 자리 모든 지점은 지도상의 한 점에 불과한 것
이 아니라 누군가가 머물렀던 자리, 누군가가 제 고
된 몸을 기대었던 자리, 한 사람이 저의 체온과 눈
물과 한숨을 떨구고 간 자리다 나는 그런 기다림과
서성임의 길목에 나를 세워 두고 싶어 황혼을 본다
는 핑계로 무의도로 가는 잠진도 선착장에 오래 서
있다 내가 모르는 사연과 등불을 달고 배들은 바다
쪽으로 나아가고 새들은 불빛의 부스러기를 찾아
육지 쪽으로 떼 지어 날아온다 사람과 짐승의 그리
움이 태어났을지도 모를 거리에서 저녁별이 젖니처
럼 돋는다

# 뜬봉샘

전북 장수의 신무산에서 시작하여 무주, 보은, 청주, 공주, 익산을 지나 군산만에서 황해로 흘러드는 천리의 물길이 금강이다. 비단강이란 뜻을 가진, 이 금강의 발원지 이름이 재밌게도 '뜬봉샘'이다. 뜬봉샘을 출발한 물이 실개천을 이룬 곳이 '강태등골'이고, 강태등골 아래, 금강의 첫 마을 이름이 '물뿌랭이 마을'이다. 금강의 최상류 일급수에는 금강모치, 어름치, 버들치뿐만 아니라 뜬봉샘, 강태등골, 물뿌랭이 마을이라는 투박한 이름을 닮은 어질고 눈 맑은 이들이 살고 있어, 금강은 안심하고 오늘도 천리의 나그넷길을 우뚝 나선다.

# 퉁사리 영감

속진을 벗어나 청담을 나누길 좋아하는 퉁사리 영감은 네 쌍의 수염 대신 비늘이 없다  시간을 거스르는 것이 마뜩찮은 몸이 비늘두루마기를 벗어버린 것이리라 명교예절의 번다함일랑 벗어버리고 속곳도 없이 강호 청강에 굴레 벗은 말이 되어 일급수의 대숲 바람 속에서 표표히 꼬랑지를 흔드신다 일체의 걸림이 없으신 퉁사리 영감의 유유자적을 뵙길 청하는 시인 묵객들의 바람에도 불구하고 영감은 심산유곡 서늘한 물을 찾아 깊이깊이 숨어 버리셨다 대은조시(大隱朝市), 일찍이 큰 은자는 조정과 시장에 숨는다 하였으니 부디 코와 귀를 막고서라도 돌아오시라 이 도랑물의 흐릿한 속진 속으로

# 상소문

영주 댐으로 평은역이 물에 잠기면 내성천 무섬마을의 물고기들은 2억 5천만 년 전 지층에서 캐어올린, 태백과 삼척의 시커먼 시간을 몰고 오는 무개열차의 기적소리를 더 이상 듣지 못할 것이옵니다 아침마다 덜컹덜컹 침목을 두드리며 달려오던 고생대의 시간에 물고기들은 더 이상 귀를 열지 않을 것이며, 쏘가리 매운탕 닐리리 맘보, 홍등의 얄팍한 시간이 도래하면 네 쌍의 수염을 기르신, 물고기 문중의 어르신, 흰수마자께서는 관 속에서나 빛나거라, 풍화와 멸절을 모르는 쌍것들이라고 우국의 절명시를 남기고 천 길의 모래 속으로 몸을 묻으실 것이오며, 어르신, 어르신 하는 모래무지들의 통곡과 무너진 황토 언덕이 흘리는 피의 눈물이 울멍울멍 붉은 강을 이루며 흐를 것이옵니다

# 기수역(汽水域) 꺽정이

무르익은 대춧빛 상통에 주둥이에서 눈까지 먹빛
수염을 기른 꺽정이는 짠물도 아니고 민물도 아닌
기수역의 자갈이나 모래 틈에 산채를 마련하고, 산
짐승을 잡아먹던 칠두령의 괴수 임꺽정이모냥 물고
기와 곤충들을 사냥하신다 이것이어야 마땅하다,
아니 저것이어야 마땅하다는 셈법은 모름지기 붕쟁
의 씨앗, 민물이 짠물에 섞이고, 밝음이 어둠을 껴
안듯, 어찌하여 이것이면서도 동시에 저것일 수 없
으며, 저것이면서 동시에 이것일 수 없는가, 무량대
각의 힘으로 비호같은 날램으로 강인가, 바다인가,
이도 저도 아닌 기수역의 도적 같기도 하고 의적 같
기도 한, 문패를 온몸에 걸고 꺽정이는, 자갈과 모
래 틈에서, 배고픔 앞에 영일(寧日)은 없다고, 비수
의 눈을 뜨신다

# 봄날의 숭어 대첩

꽃향기에 취해 숭어의 눈에 하얀 막이 낀다는 5월
거제도에서 숭어 잡이 40년, 어로장 차정호씨를
따라
물고기를 잡으러 나 백구는 쫄랑쫄랑 산으로 갑
니다
주인께서 하시는 일이란 말없이 바다를 내려다보
는 일
바다의 안색과 물길을 읽어
숭어 떼가 지나가는 기척을 읽어 내는 일
한 무리의 숭어 떼가 어깨를 걷고 지나칠 때면
이때다, 침묵의 호두알을 우지끈 깨시며
후려라 안목선 조져라 밖목선
관운장의 목청을 빌어
그물 함정을 숨기고 있는 판옥선들에게 신호를
주는 일
이때를 기다리고 있던 뗏목의 장졸들로 하여금
일제히 그물을 들게 하여

숭어 떼를 수중에 꼼짝없이 가두어 두는 일

더 이상 세상을 향해 짖어대기를 멈추고
나는 내가 만들 수 있는 가장 좋은 하품을 그에게 주고
연안의 비자나무들은 조용조용 잎사귀를 그에게 흔들어 줍니다
그가 하는 일은 침묵으로 바다를 읽고,
물고기들을 읽어 내는 일
나무들은 말없이 키자람을 계속하는 일
숭어들은 세상에나 봄날에 이게 무슨 천둥 날벼락이랴 투덜대며
냅다 한번 물기둥을 발로 차보는 일

# 화석

박달나무보다
더 단단한
불의 강에
비린내를 말리고
천 개의 나루를
거슬러 온
지느러미가
돌 속에 있다

# 황복 한 접시

복숭아 꽃 필 무렵 꽃 따먹으러 온다는 황복 맛에
소동파는 정사를 잠시 내려놓았다던가 강바닥의
자갈돌 위를 달리던 황복의 근육은 꾸들꾸들하고
쌉싸름한 맛이 일품, 꽃숭어리 숭숭 터지는 파주강
에 스승의 날이라고 제자 몇 놈이 시인 강우식 선
생을 모시고 물경 삼십만 원 한다는 황복회 한 접시
를 시켰겠다 입안에 살살 녹는 황복, 회의 으뜸이라
는 그 맛에 눈이 벌게져 스승이고 제자고 따질 겨
를이 없었다. 작작 좀 처먹어라, 이 녀석들아, 딱 두
점밖에 안 먹었어요, 선생님 너무 하셔요, 암만 스
승의 날이라고 해도 제자 먹는 것이 그렇게 아니 꼬
우셔요, 그래 이놈아 아예 창자가 꼬인다, 꼬여, 에
구 치사하다, 치사하셔, 제가 먹어야 얼마나 먹겠어
요, 제자 입은 입도 아녀요, 낮술에 얼굴이 복숭아
꽃빛으로 저무는 파주강, 스승도 없고, 제자도 없
고, 소동파도 없이, 배반이 낭자하게 저물던 강변의
시간들

# 열목어

자가사리 버들치야 알 턱이 없지

한여름 땡볕 강원 양구 두타계곡

기세도 좋을시고 죽죽 뻗은 강송(江松) 아래

열목어들 서늘한 물에 게워 놓는 열(熱)의 정체를

폭포타기의 명수들인 열목어들

웃통 벗고 맨몸으로 계류를 거슬러

폭포를 만나면 퉷퉷 지느러미에 침 바르고

으라차찻 한번 튀어 올라

깊은 산 시푸른 심연에 다리쉼을 하면서

삐질삐질 풀어 놓는 소금땀이라는 것을

계곡에서 쇠고기나 구우며 부어라 마셔라

흑싸리 홍싸리 끗발이나 따지는 축들이야

세상 열 받을 일이 어떤 것이란 걸 알 턱이 없지

팔 걷어 부치고 냅다 한번 뛰어오르는 자만이

깊고 서늘한 일급수에서 꼬리칠 수 있다는 것을

막소주 한 잔에 혀를 풀어 인생일장춘몽이요

아니 노지는 못하리라는 자들이야 알 턱이 없지

그러나 누군들 대수겠어 잘 들여다보면

저 홀로 그윽하고 저 홀로 분주하게

또 어떤 비상을 위해

열심히 열 받고 있는

자주반점 열목어들을 보게 될는지

## 만추

바지랑대 끝에 걸린 새털구름이
오랜 친구의 부음을 전하고 갔다
컵 속에 자라나는 양파 뿌리가
투명한 햇살로 빛나고 있었다
아내는 맑은 눈물을 달고
시들어 마른 사루비아 뜰에 내려선
눈부시게 흰 빨래를 널고 있었다
갈대처럼 여윈 아내의 손목
파랗게 트인 정맥 사이로
새들은 남쪽으로 날고 있었다

## 조용필에게

그대 평양에 가시거든 평양성 북쪽 칠성문 밖 기생
들의 무덤이 있다는 선연동에 들러 노래 한 자락을
분향하시기를. 대동강 변 지하의 권번 속에 누워있
던, 노루귀 ,얼레지, 산자고, 현호색, 수심가나 부르
던 왕년의 걸그룹 언니들이 울긋불긋 튀어나와 당
신의 노래에 떼창을 하리니, 꽃들의 겨드랑이에서
풍기는 향기에 취해 대동강 물고기 총각들의 입술
이 바짝바짝 마를 것이니, 목마름은 물고기들의 애
타는 노래, 못 들은 척 꽃들은 피어나는 것이지.

3부.

거울 속에서

# 아름다움이 적을 이긴다


어느 안전이라고 감히
내의원은 왕의 종기(腫氣)에 구리침을 박았다
왕은 조금 찡그렸으나
이내 용안(龍顔)에 화기(和氣)를 찾았다
왕의 위엄에 종기가 수그렸다


왕은 치질(痔疾)을 치료하기 위해
손톱과 머리카락과 침과 오줌으로 고약을 만든다
는 사내
떠돌이 의원 이동(李同)에게 항문을 들이댔다
붕당(朋黨)의 뿌리는 뒤로 깊었다
피고름의 날들이 지나고
왕은 이동에게 탕건을 하사하고
호조 돈 10만 전을 내렸다
탕평(蕩平)보다 아름다운 치병(治病)이었다


왕은 수원(水原)을 화성(華城)으로 개칭하고

성을 쌓았다

볼멘소리로 신하들이 물었다

성은 군세었으면 되었지

어찌하여 이토록 아름답게 짓습니까

소양증이 도진 왕은 몸을 뒤채며 답하였다

아름다움이 적을 이기느니라

정전에도 편전에도 교태전에도

가려움을 이길 아름다운 곳은 도무지 없었다

아버지의 병도 이랬던 것일까

왕의 밤은 근정전의 기둥처럼 우뚝하고 깊었다


어의(御醫)는 말했다

혈기(血氣)가 막히고 찬 기운(氣運)과 열(熱)이
흩어지지 못하면

화의 울혈(鬱血)로 종내 종창(腫脹)이 생기옵니다

이미 온몸에 번진 화에는

소의 담낭(膽囊)에서 얻어진 우황(牛黃)도,

만신(萬神)이 구족(俱足)하여 백병을 제거한다는

경옥고(瓊玉膏)도 무력했다

썩은 왕의 몸에서 이적(夷狄)의 무리들이 들끓었
고

끝내 제왕의 하늘이 종기(腫氣) 앞에 무너졌다
노론(老論)들은 상복 속에서 소리 없이 웃었고
왕비의 눈에서는 피고름이 흘렀다
정조 재위(在位) 24년이었다

# 풍등(風燈)


옥잠화 시든 뜰에 하얀 모시옷을 입고

오늘은 악사(樂士)들과 함께 국화주에 취하리

식객(食客)들은 밤늦도록 허리띠를 늦추고

반은 붉고, 반은 푸른

보라색 옥잠화 꽃빛 사연들을 풀어 놓으리

해금의 현(絃)이 불러내는

달빛의 화음에 시름 지우고

아프고 아픈 세월

풍등(風燈)에 적어 가을 속으로 띄워 보내리


내 그대의 아름다움에 취해

죄를 이기지 못하였으나

반쯤 얼굴을 가려 주는 시간에 기대어

붉은 마음의 한 조각을 풍편에 전하네

# 녹색의 황후

항주(杭州) 서호(西湖) 서쪽에 있는 천목산(天目山)의 남쪽 줄기에 있는 용정산(龍井山)에서 난다는 용정차(龍井茶), 깊고 차고 깨끗한 호포천(虎袍泉)의 물로 재배되어 용차호수(龍茶虎水)라고도 불리는 이 차의 찻잎은 편평하지만 날카롭다 맛은 무미(無味)해 마셔도 마시지 않은 것과 같으며, 차를 우리면 어린 찻잎이 맑게 피어나니 그 아름다움을 두고 세인들은 '녹색의 황후'라 일컬었다 오늘 아침 찻주전자에 물을 붓고 찻잎을 넣으니 녹색의 황후가 화장도 하지 않은 얼굴로 나른하게 물빛 침상에서 깨어나신다 기지개를 켜시는 내 녹색의 황후여, 다시 내 안으로 드실 시간이오 당신의 잎사귀로 내 어둠을 물리칠 시간이라오

# 시커먼 굴뚝

저녁이여, 제 스스로 격정을 이기지 못해 칸나의 붉
은 얼굴을 빌어 구름 속에 드러눕던 여름날의 황혼
이여, 구름의 터진 목책 틈으로 언뜻언뜻 하늘의 속
살이 내비칠 때, 누가 사랑을 침묵의 별이라 이름할
것이며, 누가 격정으로 더워지는 등을 두드려 밤의
혼곤한 침대 위에 물 묻은 종이처럼 눕히겠는가 사
랑은 언제나 말할 수 없는 것들 속에 있었지만, 어
떤 침묵도 덜그럭거리는 육체의 불완전한 영토에서
온전할 수 없었다 물이 끓으며 주전자의 뚜껑이 조
금씩 달싹댄다 내 온전치 못한 사랑도 그러했으니,
용서하라, 참을 수 없는 열기로 조금씩 달싹이는 입
술과 언제나 조금씩 들키고 싶었던 마음의 시커먼
굴뚝을 이제 나의 저녁은 방전된 건전지처럼 고요
해지며 직립의 형상으로 서 있는 마음의 시커먼 포
문으로 제 안의 열기들을 조금씩 흘려 보낸다

# 그녀가 두고 간 쪽지

잠든 남자의 머리맡에 새 신 하나를 놓아 주고
여자는 일력의 뒷면에 쪽지를 쓴다

참개구리가 울고 살구꽃이 피고
물양귀비의 가랑이 사이로 물고기들이 숨고
아픈 나무의 발목에도 새들이 지저귈 거에요
바람이 울고 간 자리마다 못 보던 풀들이 돋아나면
당신은 이마 위에 얹힌 물수건을 걷고
어느 낯선 동리의 나무 아래를 지나가며
모르는 사람의 이름을 구름에 적어 보내실 테죠

햇살이 아침의 눈꺼풀을 들어올리는 시간
목련나무 아래 그녀가 써 놓고 간 문장이 가득하다

# 겨울나무

섬광이 필요했어요

파란 불꽃이 필요했어요

제게 베풀어 주신 고통으로

그 겨울의 골목들을 환하게 기억하게 되었어요

입술은 환희를 예감하며 떨고

몸은 비로소 달그락거리는 기쁨의 그릇이 되었어요

시간은 상처에 고여 부글거리고

고통은 나를 지나쳐 간 먼 시간의 강물을 불러냈
어요

그 시간들 속에 부디 안녕하시라고

흉중 깊숙이 불꽃 감추고

잎 떨군 나무로 서있었지요

# 나무들은 거울 속에서 구부러진다

내가 아는 가장 아름다운 새벽의 하나를 불러내
나는 '너희'라고 불러야 하겠다
게으른 세상이 아직도 잠의 끝에 있을 무렵
너희들은 화한 비누 향기를
아침의 뺨 위에 올려 놓는다
어둠을 청소하는 너희들의 표정에
비누 향기는 썩 어울려 보인다
거울이 하는 일이 세상을 담아내는 일이라고 하지만
거울이 너희들의 표정을 담아내는 것은 즐거운
일이다
어떤 볼록한 거울들은 너희들의 이마를 툭 불거지게 하고
어떤 오목한 거울들은 너희들의 허리를 잘록하게
도 한다
적어도 이 거울의 관심은 너희들을 부끄럽게 하는 일이 아닌 듯하다

나는 그런 오목하고 볼록한 거울과 활처럼 구부
러지는

너희들의 미끄러운 등과 허리가 좋다

그 앞에 서면 너희들은 기린의 목을 빌릴 수도 있
고

그 앞에 서면 너희들은 자라의 다리를 빌릴 수 있
다

그러나 이 거울 앞에서 너희들의 다리는 항상 땅
을 딛고 있다

그 모습은 흡사 그림이 많은 동화책에서 보았을
5월의 나무를 닮았다

수맥을 향하여 희고 고운 뿌리를 내리며

너희들은 얼마든지 허리를 휘며 공중으로 몸을
바꾼다

그럴 때 거울은 가장 아름다운 계절을 제 몸에
새긴다

# 숨바꼭질

집에 돌아와 옷장을 여니 아이들이 옷걸이에 걸려
있었다 왜 여기 있느냐 물으니 숨바꼭질 중이란다
여긴 위험하다며 아이들을 옷걸이에서 내려 잘 개
켜서 서랍 속에 넣으려니 서랍 속에는 아내가 숨어
있었다 아내가 당신도 얼른 들어오라고 해서 아이
들을 넣어 주고 들어가려니 자리가 마땅치 않았다
서랍 문을 닫아 주고 숨을 곳을 찾으니 방안이 문
득 벌판이었다

# 내 동생 아카시아

돌을 실에 묶어 남산의 아카시아나무를 향해 던졌
다 돌은 나무에 걸리지 않고 건너편에 잠자리채를
들고 서있던 동생의 미간에 맞았다 붉은 피가 콧등
을 타고 흘렀다 동생을 업고 울면서 집으로 달렸다
가까스로 집에 도착해 대문을 여니 엄마는 없고 곰
한 마리가 왜 이제 오느냐고 엄마의 목소리로 말했
다 동생이 다쳤다고 동생을 등에서 내려놓으려니
동생이 등에서 떨어지지 않았다 뒤를 돌아보니 동
생은 없고 아카시아가 내 등에 무수한 가시를 박고
매달려 있었다 왜 이런 무거운 걸 지고 다니느냐며
엄마의 목소리를 가진 곰이 내 등의 아카시아를 먹
어치우기 시작했다 나는 그 아카시아가 동생일지도
모른다고 울었지만 곰은 내 말은 듣지도 않은 채 그
큰 아가리로 아카시아를 뿌리째 씹어 먹었다

# 나무의 집

4월이 갔다
山城 밑 언덕 교회당 주위로 상수리나무는
짙은 그늘을 드리워 가고
계집애들 흰 스커트 자락을 날릴 때마다
흔들리는 라일락 향기에 나는
오래 전에 살던 옛집을 떠올린다
향기는 언제나 오랜 사물을 불러오곤하는 것이다
아마도 내가 꾸는 꿈 속 불붙는 나무의 정원은
아직도 그 집이 내 영혼의 주소임을 말해주지만
겨울이 오고 있는 창 가득 서성이던 스무살의
불면은
그 집 처마 밑에서 알맞은 불빛에 싸이곤 했다
하지만 나는 지금
11월의 추운 바람 소리에도
새처럼 불안하게 눈을 뜨지 않는다
팔뚝에 매달리는 아이들을 데리고 산성을 넘고
빗물이 들이치면 한밤에도 망치를 들고 사다리를

오른다

　새처럼 불안하게 웅크렸던 스무살

　후박나무 넓은 잎사귀를 때리는

　빗줄기의 화음에 귀를 밝히며

　빗방울 너머로 펜촉을 꼭꼭 눌러 긴 편지를 쓰면

　떠나고 싶어, 내가 없는, 다만 너만 있는

　그런 땅으로, 아주 꺼지고 싶어

　불안의 소인이 찍힌 짧은 엽서를 받기도 했다

　그런 밤이면 개처럼 가쁜 숨을 몰아

　하꼬방 언덕을 줄달음치기도 했지만

　도꼬마리 풀씨처럼 달려드는 시푸른 스무살은

　벗어 버릴 수 없었다 벗어지지 않았다

　나의 마당엔 밤새도록 울음 그치지 않는 밤벌레

가 있고

　아침이면 모이를 찾아 날아드는 비둘기가 있었지만

　한뎃잠을 자며 내 불안의 크기에 알맞은 둥지 하

나 얻고 싶었다

　라일락 향기가 불러오는 옛집에서

　자꾸 실밥이 터지는 기억의 시간

　때로 불안은 불편한 기억 속에서 숨을 고른다

　그것은 아직도 나의 과거가 끝나지 않은 까닭이다

# 천국, 거대한 도서관*

내 열여섯의 은밀한 회랑에서 느리게 숨 쉬고 있
는 도서관
좀벌레들은 소리도 없이 책들을 갉아 대고
낡아 가는 페이지를 열어 내가 책 속에 물고기처
럼 잠겨 있을 때
그 도서관의 넓은 창으로 지나가던 하늘과 나무
와 새들
우리도 그 하늘과 나무와 새들처럼 책 속에서
낡은 도시와 성곽들을 늦도록 배회하였다
그때 도서관의 푸른 창을 배경으로 한 소녀가 있어
책장을 넘길 때마다 그녀의 둥근 어깨를 넘어 오
던 향기
무엇이라 이름해야 했을까 참을 수 없는 한 사람
의 내음을
열여섯에 있어 한 소녀의 향기란 먼 나라와도 같
은 것이었으니
그때 우리가 그리워하였던 것은 모두

갈 수 없는, 먼 나라의 종루와 뾰족한 지붕탑 같
은 깃들이었다

동생은 침으로 물방울을 만들어 허공에 띄우며

어느 계집애의 머리칼에 앉아주기를 바랐고

나는 아카시아 향내에 취하여

어머니가 있는 산동네의 불빛을 바라보곤 했지만

어떤 길 잃은 천사도 루핑 지붕 같은

우리 형제의 허름한 어깨에 내려앉지 않았다

그래, 그때 나는 대책 없는 열여섯이었고

세상은 우리가 책 속에서 찾아낸 의문부호들처럼

먼 곳에서 아득히 아름다웠다

다만 내가 그 도서관의 곰팡내 나는 서고를 들어

설 때마다

책들은 나를 맞는 설렘으로 조용히 몸을 뒤채며

좀벌레들이 갉아먹은 오랜 도시와 성곽으로

동생과 함께 나를 데려다 주곤 하였다

헌책처럼, 어머니처럼, 낡은 것들의 품은 아늑하고

그 아늑함 속에서 과거를 그리워하며 너와 난

한 걸음 한 걸음 우리가 알지 못하는 세상으로

나아갔다

*바슐라르 《몽상의 시학》에서 '저 위의 하늘나라에서 낙원이란, 다만
거대한 도서관이 아니겠는가'를 고침.

# 귀가

그 개는 지금 없다

내가 나타나리라는

모든 징후와 낌새를 알아차리고

내가 문 앞에 이르기도 전에

철문을 긁어 대며 울음소리를 길게 늘이던

그 개는 이제 없다

어쩌면 이 개는 내가 골목의 어귀에 들어설 때부터

그리움의 꼬랑지를 바짝 치켜세우고

철문을 긁어 대고 있었을지도 모르리라 생각하며

나는 그 개의 목덜미를 쓸어 주곤 했다

그때 내 안에 무너져 오던 그 개의 눈동자와

그 개의 체온 속으로 소리 없이 녹아들던

추운 밤의 시간들

나는 그런 많은 밤들을 기억할 수 있다

그런 겨울밤들이 얼마나 흘러갔는지 모른다

어느 날 나는 한밤중에 푸른빛을 보았다

쥐약을 먹고 죽어 가던 그 개의 눈동자

푸른 불똥을 튀기며

마지막으로 내 모습을 담아내려고

혼신의 힘으로 빛나던 두 개의 눈동자

숯불처럼 그 빛이 사위고 났을 때부터

나의 귀가는 얼마나 무겁고 어두웠던가

나는 비로소 내 귀가의 어귀를 밝혀 주던

하나의 별이 사라졌음을 알았다

내 발바닥이 땅바닥을 두드리는 진동에 귀 기울이며

꼬리를 치켜세우며 철문을 긁어 대던 별 하나가

어둠 속으로 사라졌음을 비로소 알았다

그러나 오랜 세월이 흘러

내가 이 지상에서 마지막 호흡을 준비할 때에

사람들이 모르는 별 하나가 하늘 문을 긁어 대며

나를 보는 기다림으로 빛날 것을 생각하니

비로소 나의 귀가는 푸근한 어둠에 싸일 수 있었다

# 푸른 책갈피 속으로

푸른 책갈피를 열면 왜 그대가 보았다는 별 있잖아 행성 따위는 거느리지도 않은 떠돌이별 의자만 뒤로 당기면 하루에도 팔만 육천 번씩 노을의 주인이 될 수 있다는 별 거기 혀 꼬부라진 사람들에게 도마뱀들은 컹컹 짖으며 뛰어오르지 딱딱하고 힘센 공기들은 우리의 것이야 딱딱하고 힘센 공기들은 우리들의 것이야 그러면 사람들은 이렇게 말하기도 하는 거지 딱딱하고 힘센 공기들이 너희 거라면 그 공기들의 공장인 저 나뭇잎들은 누구의 것이지 공기들은 공기들의 것 나뭇잎들은 나뭇잎들의 것 우리에겐 팔만 육천 번의 노을이 있을 뿐이야 저물녘 소매를 끌러 발을 씻고 푸른 책갈피를 열어 그대를 부르면 그대가 보았다는 별이 낡은 책 속에서 깜박깜박거리는 소리가 들려

# 망각의 시간 속으로

그해 봄은 노랑제비와 앵초꽃의 선홍빛 그늘 사이
로 왔다. 우린 라일락꽃 흐드러져 누운 가로를 야
생마처럼 뛰었고 울창한 자작나무 숲이 하늘을 감
추고 있는 곳에서 우리 스물하나의 갈기는 후줄그
레 젖었다. 가슴을 흘러 따스하게 피어오르던 것은
빗물이기도 했고 눈물이기도 했지만 더러는 매운
땀과 콧물 그 복수의 울부짖음이기도 했다. 하지만
우리가 가지고 있었던 것은 씨앗의 가녀린 가슴이
었을 뿐 그 숲을 송두리째 태울 불꽃의 심장과 칼
날은 없었다. 우리가 어두운 대장간에서 야생의 갈
기를 무두질해 길들이며 말굽을 준비하는 동안 느
닷없이 불어 닥친 돌풍 앞에서 더러는 제 갈기를
뽑아 한 줌 재로 날리며 쓰러져 갔지만 더러는 굼벵
이처럼 땅 속 깊이 누워 무겁고 어두운 노래를 준
비했었다. 그 땅 속에서 어느 날 우리는 형형한 눈
빛과 더듬이로 만났고 무섭도록 야윈 서로의 가슴
을 쓰다듬으며 밤마다 두개골에 억세게 뿌리내리는

서로의 새치를 뽑아 주었다. 뽑아 쥔 너와 나의 새치가 한 움큼이 되던 어느 날 우리는 눈꺼풀과 귓바퀴를 열고 들을 수 있었다. 여전히 계절은 황금의 빛살을 쏟아내며 눈부신 반팔을 드러내고 있다고. 그때 우린 재빨리 (그래 너무나도 재빨리) 봄과 이별했다. 부끄럼 위에 우리의 사랑은 서 있었지만 부끄러울수록 우리의 섣부른 포옹은 단단히 굳어져 우리는 재빨리 여름과 악수했고, 그해 여름 될 수 있으면 더 이상의 새치를 키우지 않는 것이 얼마나 조그마한 행복이 되는가를 더러운 눈물로 되새겼었다.

# 우물 깊은 집

우물가의 등나무처럼 배배 꼬여 일곱 가구가 세 들어 살던 그 집. 왕거미가 줄을 쳐 혼자 가기 두렵던 똥 구렁 깊은 집. 채송화가 깨알 같이 까만 씨알을 입에 물 때 쯤, 굵은 장맛비가 아주까리 넓은 잎사귀를 사납게 두들길 때 쯤, 곱사등이 우정이 동생이 그만 우물에 시계를 빠뜨린 집. 일곱 가구의 식솔들이 미련스레 두레박이며 빠께쓰로 우물을 퍼내겠다고 팔을 걷고 나선 집, 우물은 다 퍼낼 수 없을 거야, 우물은 바다에 닿아 있으니 물은 다시 고이고 다시 고일 거야. 우물은 절대로 퍼낼 수 없을 거야 생각하며 꼬르륵 잠 속으로 빠졌던 집. 아, 그러나 혼미한 꿈속에서 일어난 저녁답에 들리던 그 소리, 찾았다, 찾았어, 하는 목소리들을 따라가 보았던 아, 놀라운 우물의 질척한 끝바닥. 어떤 깊은 우물도 바다에 닿아 있지 않았음을 알게 해 준 그 우물 깊은 집.

# 천둥은 잠시 울음을 숨길 뿐

바람이 불면 잠시 드러나는 속살의 모습으로만 당
신을 읽을 수 있었습니다. 그리움의 체위란 늘상 그
런 것이어서 아무도 약속할 수 없는 날들의 낭하
끝에 우리는 당신의 흉상을 세웠습니다. 때로 반편
뿐인 그대 미간 사이를 헤매던 탐욕의 눈길이 땡볕
에 마주쳐 황망히 붉은 혓바닥을 거두던 시절, 헛
헛하게 타는 목젖의 전율 식히며 나는 밤새 장문
의 편지를 적었습니다. 누구도 우리 이름 불러 주
지 않았지만 후둑후둑 지는 붉은 장미의 담벼락을
따라 그리움의 물꼬 트노라면 우리도 누군가에게
로 가 그의 꽃이 되어 전신 푸른 멍으로 짓밟히고
싶었습니다. 새털처럼 무사무사무사한 날들의 어깨
너머로 붉은 꽃이 지고 노랑꽃이 지고 해바라기 길
찬 목대가 부러져도 한 올 다치지 않은 우리, 눈썹
과 머리칼의 쑥대머릴 쓸어 넘기며 당신의 아름다
운 목젖에 붉은 밑줄을 그었더랬습니다. 어떤 소문
도 당신의 아름다움 지울 수 없었습니다. 섬광의 끝

모랑에서 천둥은 잠시 그 울음을 숨길 뿐입니다. 초
경의 수줍음모냥 비릿한 봉선화 붉은 물이 지워저
도 폭설로도 다 덮을 수 없는 울음의 막무가내 끝
에서 나팔꽃이 피고 단풍이 물들고 바람은 차운 얼
음으로 이빨 사이로 달려왔지만 이미 한번 부른 이
름 쉽게 지울 수 없었습니다. 그 겨울 우리들의 사
랑은 무식함으로 병드는 일이었습니다.

# 남애항(南涯港)에서

남쪽 끝 벼랑에서 별들은 음악 소리를 내며 떨어졌
다 지상의 사람들은 그 음악 소리를 들으며 밤길을
걸어갔다 길이 사라진 항구에서 그들은 지상에서
허용된 아름다움의 십 할을 소모했다 비가 오고 있
지 않았지만 큰바다 횟집 식당에 딸린 방 한 칸에
서는 밤새 빗방울 듣는 소리가 들렸다 밤늦게 잠든
주인은 고양이 두 마리를 수족관이 있는 식당에 재
웠지만 어느 고양이 한 마리도 물고기들을 상하게
하지 않았다 사랑은 그렇게 담대한 무관심을 불러
왔다 고양이들은 서로의 눈동자 속으로 출입하기에
바빴다 그러나 그 고양이들은 바다와 뭍의 희미한
경계처럼 넘나들어야 할 곳을 희미하게나마 분별하
고 있었다 바다가 가까이에서 으르렁거렸지만 오선
지 위의 음계처럼 모든 것이 제자리에서 조용히 흔
들렸던 시간들이었다

# 녹내장


공덕동 서울안과에서 안구단층촬영을 했다
쌍계사 잎자루에서 천왕봉 꼭대기까지 뻗어나간
지리산 잎맥처럼
망막에서 뇌로 가는 시신경이 필름 속에 뻗어 있
었다

내 몸은 얼마나 많은 길들을 거느리고 있는지
스무 살의 처녀가 女子라는 이름으로
내 심장으로 온 것도 그 길을 통해서였을 것이다
한 女子의 나라에서 한 사내의 심장까지를 잇는
길가에서
검둥개가 짖고 복사꽃이 흔들리고
달빛은 천축의 불빛처럼 들썩였을 것이다

시신경이 차츰 사라지는 것이 녹내장이라며
의사는 안압을 낮추는 약을 내게 처방해 주었다

나는 필름 속에 사라져 가는 모래의 길들을 보며

그 길로 흘러들어 왔을 산초나무, 층층나무, 노간
주나무 꽃나무들의 이름과

그 길로 흘러들어 왔을 사람들의 얼굴을 떠올려
보았다

돌아가신 어머니의 왼쪽 뺨에 있던 굵은 점이 떠
오르고

영국 여왕이 그려진 우표가 떠오른 것도 그때였다

이불의 꽃무늬, 재봉틀의 두꺼비 문양, 줄무늬 내
복, 초록색 이태리 타올…

모든 것은 내게 살러 왔을 뿐 사라진 것은 아무
것도 없었다

# 척추의 기원

11월의 공원 옆, 자연사박물관의 입구에는 인간의
몸을 이루고 있는 물질도 별에서 만들어진 것입니
다, 라고 씌어 있다 이곳에는 우주 137억년의 시간
이 켜켜이 쌓여 있다 나는 그 시간의 일부를 떼어
내 페름기의 석탄 빛 같은 검고 진한 커피를 마신다
이곳에는 우주에서 날아온 편지, 운석들도 고단한
얼굴빛으로 휴식을 취하고 있다 우주로부터 칠레의
해안으로 날아든 편지도, 사하라 사막의 모래톱에
배달된 편지도, 아르헨티나의 산정에 도착한 편지도
굳게 입을 닫고 있지만 과학자들은 돌의 가슴에 굳
게 채워진 브라우스의 단추를 끄르고 돌 속에 갇혀
있는 우주의 속살들을 하나하나 탐욕스레 읽어낼
것이다 박물관에는 돌 속에서 읽어낸 사연들이 즐
비하다

화석에 박힌 물고기로부터 어떤 과학자는 척추의
기원이 5억 3천만 년 전임을 알아냈다 내 슬픔을

곧추세워 줄 축대가 세워진 것이 모든 척추동물의 조상인 어류가 출현한 5억 년 전의 캄브리아 초기였던 셈이다 내가 커피를 마시고 있는 지구 카페가 만들어진 것은 46억 년 전의 일이고, 10억 년 동안 지구 카페에는 어떤 생명체도 없었다 이별도, 아픔도, 배신도 없는, 먹먹한 평화의, 무진장한 시간이 10억 년 동안 지구 카페를 감쌌다 시간의 턴테이블에 음반 한 장 올려지지 않던 밋밋하고 무료한 침묵의 시간을 견딜 수 없었는지 카페의 주인장은 하품을 하며 자신의 눈물과 콧물을 우주의 먼지에 섞어 영장류를 만들었다 사랑과 배신, 복수와 용서, 전쟁과 평화의 장대한 드라마가 시작된 것이 이때, 신생대 초기였다

두 발 달린 영장류들이 유리창 너머로 이미 오래 전에 호흡을 멈춘 동물들을 들여다보는 사이, 나는 페름기의 쓰디쓴 커피를 다 마시고 우주의 한 모퉁이를 돌아 목성까지 가는 전동차를 타러 역으로 간다 신생대 에오세에 번성했다는 은행나무가 노란 잎사귀로 우주의 시간을 말해주고 있다 나는 내게 날아온 노랑 은행잎 한 장에게 구약의 예언자를 흥

내내 한번 뇌까려 본다 흩날리는 시간들은 모두 돌
이 되리라

4부.

쪼그랑귀

# 시월

술 먹고 그의 집에 가서 잔 날 아침
그의 구두를 신고 귀가했다

며칠 후
그에게서 엽서가 왔다

형, 몸이 바뀌었어

그 일 있고
3년쯤 뒤였을까
그는 자기는 남자를 사랑하는 남자라고 고백했다

그는 바뀐 몸을 신고 얼마나 오랜 시간을 걸어왔
을까

몸이 빠져나온 구두를 물끄러미 보는 저녁

# 고흐의 방

여러 개의 액자가 걸린

고흐의 방에는

그의 잘라진 귀처럼

창문도 하나

침대도 하나

탁자도 하나

컵도 하나인데

의자는 둘이다

문밖에 서성이는

누군가를 안으로 들인다는 것

안으로 들여 앉힌다는 것

일단 거기서부터가

사랑의 시작이라는 듯

# 등나무

팔월 한낮의 등나무는 마치 제 몸을 비틀어 그늘 몇 방울을 짜내는 것만 같습니다 환한 눈물의 겨드 랑이 그늘 아래 여름이 쉬고 노인들의 이마가 열을 식히며 낮잠에 드십니다 꿈에라도 당신이 이런 풍 경 속으로 오신다면 나도 얼마간 내 몸을 비틀어 드 리지요

# 봄비1


분홍 꽃도,

펄럭이는 치마와 도둑고양이와 이팝나무도,

빨간 자동차와 전봇대와 낡은 처마도,

술에 취한 친구의 구겨진 구두와

할머니의 리어카와

개밥그릇도


비에 어울리지 않는 것은 하나도 없다

# 봄비2


혁명채권을 사고 붉은 입술로 사인을 할까
나도 4월의 당원으로 가입하고 싶다
저 빗방울들의 한 표에 나를 더하고
너에게 오래도록 복무하고 싶다

# 산촌(山村)


서리가 일찍 내리는

초겨울의 산간

외딴집에서 큰 소리가 나고

거칠게 문 닫히는 소리가 들리고

홑겹의 옷을 입은 사내가 어둠으로 난 길을 향해

거칠게 트럭의 시동을 걸었다


낮에 비탈에서 일하던 사내의 손에 쥐어졌을

농기구들은 토벽에 걸려

女子가 흐느끼는 소리를 말없이 듣는다


개울물 소리 같기도 하고

댓잎 서걱이는 소리 같기도 한 소리가

마을 쪽에서 들려왔다


쇠스랑, 갈퀴, 호빠, 괭이

산 것들의 울음을 듣는

도구(道具)들의 침묵이
고요한 밤이었다

# 매미

살아 있는 것들은
썩음을 무릅쓰고서라도
물기를 품는다

물기를 잃고
바삭 부스러지지 않기 위해
생(生)은 울음을 삼킨다

제 일생의
울음을 다 울고
바삭해진 매미여

# 먼지의 집

먼지가 쌓인다

아무리 문을 꼭꼭 걸어 잠가 놓아도

어느 틈을 비집고 들어왔는지

영락없이 먼지가 쌓인다

이 먼지들이 없었다면

무수히 들락거리는 햇살을 튕겨내는 가구들과

거울의 오만한 표면만이 아침의 풍경을 이루었으리라

밤의 차가운 공기들은 유리창에 머리를 부딪치며

출구 없는 울음을 울었으리라

그러하니 내 집의 빈틈을 비집고 들어오는 먼지 위에

허술한 내 몸의 빈 곳을 헤집고 들어오는 먼지 위에

손가락으로 꾹꾹 눌러

문을 닫아도 흘러들어오는

이름들을 적어본다

그대들이 없었다면 내 몸 위에 나는

어떤 기억의 집도 지을 수 없었을 것이니

# 멍

푸릇푸릇

내 몸에 침투한 사랑

이 치명적인 사랑을 받으시라

쓸쓸함으로 빛나는

이 광휘의 꽃다발을

한아름 받으시라

때론 웃음도 되고

때론 눈물도 되는

히죽히죽

그렁그렁

이 얼간이 반푼

두엄자리 퀴퀴한

밑구녕을 받으시라

# 눈물

안경이 눈에 걸려 있지 않았다.

이곳저곳을 찾았으나 안경은 없었다.

마지막 마셨던 주점 앞에 가 보니,

눈밭 위에 안경은 떨어져 있었다.

혹한의 칼바람 속, 눈 위에 떨어진 눈.

내 몸의 허술한 갈피에서 흘러나갔을 눈을 집어 들고

이미 설원이 되어 버린 렌즈를 입김으로 불자,

미지근한 물이 흘러내렸다.

그 동안 내 흘린 눈물들은 어쩌면

눈밭에 떨어진 내 몸에 불어 준

당신들의 입김이었는지 모른다.

# 나 돌아가리라

나 돌아가리라
가을도 저물어 늦은 10월이거든
눈빛도 고운 젊은 아내와
오랜 황혼의 품으로 돌아가리라
낡은 신 가지런히 벗고
흐르는 강물 하나
가슴에 심으리라
덕소, 의암, 설악, 청평
반도의 땅을 흘러와
저녁 강은 흐르거니
그대와 내가 이루는
일가의 불빛으로
저녁 강물은 반짝거린다
오월의 느티나무처럼 푸르른
젊은 아내여
그대가 나를
내가 그대를 바라보는 동안

가을도 제 스스로 깊어져

겨울이면

오, 천지에 눈부신

서설이 내려도 좋으리라

그대 이마와 어깨

그 순결한 땅에 입맞추는

송이눈 털어 주며

단 한 번의 웃음으로

혼자였던 내 오랜 시간 잊으리라

# 입김

싸락눈 내린 새벽길 갈 때

노래가 그리운 집이 되어 준다면

우리 거기 굴뚝과 아궁이를 짓고

한 짐의 장작을 지피겠지만

노래야, 곱은 손을 녹이는 빈약한 입김아

이룰 수 없는 잠이 입술 오므려

성에 낀 유리창에 입김을 부니

모래톱에 물 빠지듯

눈물에 눈 녹듯

피었다 사라지는 물무늬에 어룽지는

어두운 날들의 불빛 보인다

## 방생

잘 가라 기억들아 너희들이 보듬고 있는 상처 그 아
픈 변죽에 들러붙은 모래알 같은 날들아 그 기억들
이 데불고 있는 풍경 속에서 별들은 취했고 소리쳤
고 달려갔노라 나트륨등 반짝이던 검은 겨울 강물
에서건 상여 나가는 들에 핀 흰 감자꽃에서건 풍경
들이여 나무가 그 가슴에 옹이를 품듯 내가 너희들
을 품었음이니 이제 잘 가라 기억들아 내 한때 그
돌부리에 걸려 숱하게 넘어졌던 너희 세월의 굳은
살들아

# 귀지

어떻게 이다지 희고 고운 것들이
소리 없이 귓속에 쌓인 것일까
아무도 보지 못한 밤에 내린 눈

# 새

오래전에 새는
아주 따뜻한 것들의 이름이었을 것이다

# 촛불

바람이 간 길을 가지 않으려고 촛불은 흔들리네

## 강산에 꽃이 피고

그녀가 잠든 사이
월화수목금토일, 일곱난장이들은...
부지런히 빵을 굽고 스프를 끓였네
그녀가 잠든 사이
월화수목금토일, 일곱난장이들은
부지런히 먼지를 털고 바닥을 쓸었네
저녁이면 고래 눈썹 심지에 불을 밝히고
기다림은 그녀를 지켜보았네
한 해가 가고 두 해가 지나도
기다림은 그녀 옆에서 늙지를 않았네
창 밖에 바람이 불고 눈보라가 쳤어도
고래 눈썹 심지는 미동도 하지 않았네
그녀의 잠을 밝히며 말없이 타올랐네
월화수목금토일, 조용히 타올랐네

# 안녕

안녕 한때 내 마음 구부러졌던 당신
굴뚝새들이 물어 오는 12월의 하늘가에서나
우연으로밖에는 만날 수 없는
헤아릴 수 없는 내일 날들에게도 안녕
너의 이름으로 타박타박 걸어오는
황혼녘 당나귀들에게도 안녕
마음으로 붐비는 두 개의 창문과
기다림으로 서성거리는 두 개의 처마들에게도
이제는 안녕

# 눈꺼풀

폭스바겐 만한 크기의 심장, 일 톤에 육박한다는 고
환, 3미터에 달한다는 페니스, 코끼리를 올려놓을
수도 있는 혀, 고양이 3만 마리를 합쳐 놓은 몸무게,
소방호스 굵기의 혈관… 그러나 고래에게서 정작
놀라운 것은 그의 얇디얇은 눈꺼풀이라네. 알에서
태어난 모든 물고기들이 눈꺼풀도 없이 눈을 뜨고
죽을 때, 어미와 대양, 두 개의 젖꼭지로 몸집을 부
풀린, 이 거대한 짐승만은 육지에서 만들어진 허파
로 이승의 마지막 숨을 고르고, 제 몸으로 만든 봉
분의 입구, 눈꺼풀을 닫는다네. 눈물이 꼭꼭 제 몸
안에 갇히도록.

# 징한 것

나에게 커피는 '달다'와 '쓰다'밖에 없다
아는 커피의 이름이라고는 아메리카노 하나
수많은 와인의 종류도 내게는 그저
감당하기 힘든 외국어일뿐이다

돌아가신 할머니에게는 자동차가 그랬다
소나타, 그랜져, 프라이드…
굴러가고 멀미나는 것들은 모두
그냥 '차'였다

젊어 과부 되고
장가도 가지 않은 두 아들을 잃은 할머니에게
아리고, 저미고, 울멍울멍한 것들은
모두 '징한 것'이었다
만질 수도, 뱉을 수도 없는 것들이었다.

# 쪼그랑귀

친할머니 외할머니
오랜만에 만난 사돈
또랑물처럼
밤새 도란거리신다
낙숫물처럼
밤새 속삭이신다
먹먹한 귀로, 쪼그라든 입술로
아따, 금매, 그란디 말이시, 우짜스까
동백꽃 섬마을
짭조름한 사투리를 풀어내신다

저 노인네들 쪼그랑귀로
밤새 무슨 이야기가 저리도 정답데
가서 아침 드시라 해라 어머니 분부에
할머니 진지 잡수시래요
방문 열고 소리치면

두 분 일제히 오물오물 입을 여신다

야가, 시방 머시라 하요?
아야, 머시 으째야?

진-지-잡-수-시-라-고-요-진-지-요!

# 가난한 이웃과 함께하는 따뜻한 서정

강우식

아직 세상에 나오지 않은 시집의 원고들을 오랜만에 단숨에 읽었다. 김보일의 첫 시집 《살구나무 빵집》이다. 그의 시집에서는 문자향서권기文字香書卷氣가 우러나온다.

김보일은 다재다능한 시인이다. 그는 이미 청소년 도서를 십여 권 낸 저술가인데 그가 쓴 책들은 구태의연한 풍조에 머물지 않고 늘 시대보다 한 발 앞서가는 살아있는 책들이다. 이 방면에서 그는 독보적 저자로 인정받고 있다. 뿐만 아니라 김보일은 페이스북에서 많은 팬들을 가진 유명한 화가이기도 하다. 페이스북에 들러 그의 그림을 보다 보면, 기발한 아이디어와 색과 구성에 경탄하다가 그림 밑에 다는 글들에 이르러서는 참 좋다! 하며 무릎을 치게

된다. 그의 저술과 그림들은 한마디로 우리와 함께 숨 쉬는 삶의 실사구시實事求是로 일관하고 있다.

나는 지난 수십 년 동안 그의 저서와 그림 도처에 시적 상상력과 아이디어가 번쩍이는 것을 보아오면서, 그가 시인이 될 좋은 자질을 지녔다는 생각을 여러 번 하였다. 그가 인생의 중반을 훨씬 지나 이제 처음 시인으로 득명하고 시인의 길을 가고자 발을 내딛는다.

그러나 내가 아는 김보일은 학창시절부터 시인이었다. 시를 누구보다 좋아하고 꾸준히 쓰는 시인이었다. 그의 시는 하루아침에 이루어진 것이 아니다. 묵묵히 무명의 세월을 익히고 삭히며 자신만의 내공을 쌓아 이룩한 것이다. 그러므로 김보일의 시에서는 일천치 않은 세월의 자국과 향기가 우러난다. 그 향기는 억지로 우리고 짜낸 것이 아니라 그의 가슴속 깊디깊은 심연에서 퍼 올린 자연으로 퍼지는 향기다. 마치 암향부동暗香浮動의 난초향蘭草香과 같다. 김보일은 시서화詩書畵 삼절로 그의 인생을 완성하고자 함인가. 후생後生이 가외可畏라. 놀랍고 부러워라.

김보일은 시가 무엇이며 시인은 무엇을 노래해야
하는지 아는 시인이다. 흔히들 그의 시를 일컬어 민
중시라고 하며, 그것의 어떤 상투적 구호성의 폐단
을 넘어선 진일보한 작품이라고 한다. 맞는 말이다.
1970, 80년대의 암울한 시대를 거치며 어찌 그 시
대의 아픔을 겪고 노래하지 않을 수 있었으랴.

후릿고삐에
갈라진 가슴
쩔렁거리며
온다
돌아와 누워
산이 되는
침묵을 몰고
온다
팔만 사천 길
제 속의 내장을
쏘아보던
눈망울 달고

온다

발자국에 꽁꽁

채찍을 묻고

핏빛 노을 치받는

뿔 하나로

온다

-〈황혼 속 황소로 돌아온다〉 전문


황소를 민중으로 치환하여 보면 "발자국에 꽁꽁 / 채찍을 묻고 / 핏빛 노을 치받는 / 뿔 하나로 / 온다"의 표현이나, 또는 〈권주가〉의 "날품의 오랜 노동 끝에 숨을 고르는 몸들은 불러라"와 같은 구절에서 민중시의 어떤 경향성을 찾을 수도 있겠지마는, 거기 상투적 구호성의 폐단은 어디에도 없다. 그의 '민중시'는 다름 아닌 '민중'으로서 시인 김보일이 살아온 일상의 자취요 아픔이요 상처다. 나는 그런 의미에서 민중시란 이런 개인의 노래가 모여 집단을 이루는 것이라고 본다. 나는 김보일의 시가 무슨 구호나 악다구니가 아닌 것을 누구보다도 사랑한다.


　내가 넋 나간 바람으로나 떠돌 때

　그대는 잎새 무성한 숲이었으니

　그대는 이제

　나를 이 땅에 가득

　살아 있게 하는

　눈물

　그 눈물 끝에 매어달린

　노래

-〈바람의 노래〉 전문


　옆자리가 비었다.

　마음아

　와서 따뜻한

　술을 받으렴

　비 듣는 처마에

　등불을 걸고

　독작의 시간을 마중 나가자

-〈겨울비〉 전문

나는 〈바람의 노래〉처럼 눈물을 아는, 〈겨울비〉처럼 외로움을 아는, 그리하여 한 잔의 술을 마시는 시인을 좋아한다. 시인이란 무슨 대단한 존재가 아니라 가난한 이웃들과 같이 하는 가난한 이웃이다. 그런 마음가짐을 가진 자이다.

특히 나는 이번 시집 전편에 일관되게 흐르는 시인만의 서정을 높이 사고 싶다. 김보일의 서정은 요즈음 시단에서 흔히 말하는 정체불명의 극서정시인가 하는 것도 아니요 또 헤프거나 나약한 신파 같은 서정도 아니다. 그의 서정은 우리들의 삶에 필요한 소금 같은 서정으로 현대시가 추구하는 지적·정서적 서정의 한 본보기를 보여주고 있다.

김보일 시인! 좋은 시를 읽게 해 주어서, 그대의 시 가락에 따라 내 마음이 같이 놀게 해 주어서 고맙다.

시인·성균관대학교 명예교수